Puede consultar nuestro catálogo en www.edicionesobelisco.com / www.picarona.net

FÁBULAS DE ESOPO
Ilustraciones de *Anna Laura Cantone*

1.ª edición: noviembre de 2015

Título original: *Favole di Esopo*

Traducción: *Lorenzo Fasanini*
Maquetación: *Montse Martín*
Corrección: *M.ª Ángeles Olivera*

© 2012, Edizioni EL, San Dorligo della Valle (Trieste) - www.edizioniel.com
Título negociado a través de Ute Körner Lit. Ag. - www.uklitag.com
© 2015, Ediciones Obelisco, S. L.
(Reservados los derechos para la lengua española)

Edita: Picarona, sello infantil de Ediciones Obelisco, S. L.
Pere IV, 78 (Edif. Pedro IV) 3.ª planta, 5.ª puerta
08005 Barcelona - España
Tel. 93 309 85 25 - Fax 93 309 85 23
www.picarona.net
www.edicionesobelisco.com

ISBN: 978-84-16117-57-4
Depósito Legal: B-14.702-2015

Printed in India

Fábulas de Esopo

Ilustraciones:
Anna Laura Cantone

Fábulas de Esopo

La cigarra y las hormigas

La cigarra estaba sentada en una hoja mientras cantaba, alegre y feliz.

No entendía por qué las hormigas
trabajaban tanto,
incluso en verano.

—¡Qué locura cargar con todo ese trigo, con el calor que hace!

Transcurrió el tiempo, y llegó el invierno.

Un día, la cigarra, muy hambrienta, preguntó a las hormigas mientras éstas organizaban el trigo en el almacén:

—¿Me dais un poco de vuestro trigo? ¡Tenéis mucho!

—Pero, ¿por qué no lo recogiste el verano pasado? –quisieron saber.

—No tenía tiempo –contestó la cigarra–, tenía que cantar.

—Pues si en verano cantaste, ¿por qué entonces ahora en invierno no bailas?
—se rieron de ella las hormigas.

El zorro y la cigüeña

Un día, el zorro invitó a la cigüeña a comer.
Se sentaron en la mesa, pero la pobre cigüeña
se vio ante un caldo servido en un tazón ancho…
Todos sus esfuerzos fueron inútiles.
Con su largo pico no consiguió
saborear ni siquiera una gota
del caldo de aquel recipiente.

Cuando la cigüeña invitó al zorro,
ésta le preparó una exquisita comida,
cuidando todos y cada uno de los detalles.
Pero, el pobre zorro vio que los trozos
de comida quedaban en el fondo
de un recipiente de cuello largo y estrecho.

La cigüeña comía sin dificultad, introduciendo el pico en aquel recipiente, mientras que el hambriento zorro sólo podía mirar.

No pudo meter ni siquiera la punta de la nariz en aquel envase tan largo y estrecho.

—¿Lo ves? He seguido tu ejemplo –dijo la cigüeña al zorro. Y, disfrutando muchísimo, devoró hasta el último bocado.

El león y el ratón

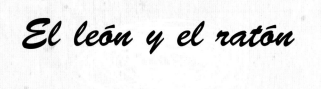

Érase una vez un león que estaba durmiendo tranquilamente.
Un ratón que pasaba por allí lo confundió con una
montaña y se le subió encima. El león se despertó
al notar que algo le hacía cosquillas, y,
con un rápido movimiento, agarró al ratón.

—Ahora te voy a comer –dijo.

—¿Por qué? –preguntó el ratón–. Soy tan pequeño que te
quedarías con hambre. Además, piénsalo: si no me comes,
¡algún día podría resultarte de ayuda!

—¿Tú útil para mí? –quiso saber el león–. ¡Ah, querido ratón,
qué risa me das! Sólo por ese motivo te perdono la vida.

Y, finalmente, el león dejó libre al ratón
y se olvidó de lo sucedido.

Algún tiempo después, unos cazadores
apresaron al león y lo ataron
con una cuerda muy fuerte.
Luego se alejaron, buscando ayuda.
El león rugía, se sacudía y daba
fuertes estirones a la cuerda,
pero no conseguía romperla.
Al final se tiró al suelo,
ya sin esperanzas de salvarse.

Justo en aquel momento sintió
cómo algo le hacía cosquillas.
De repente, el ratón saltó delante
de sus narices.
—¡Qué bonita cuerda para roerla!
–dijo el ratón–. ¡Afortunadamente
estoy vivo para poder ayudar
a mi amigo!

Y, sin más, el ratón comenzó
a roer la cuerda con sus
dientecitos afilados. En un
santiamén, la cuerda se rompió
y el león quedó libre.
—¡Bendito el día en que decidí no comerte! —exclamó
el león echando a correr, mientras el ratón retozaba
entre su melena y reía feliz.

El lobo
y el cordero

Un lobo llegó a la orilla
de un río y vio cómo bebía
allí un cordero.
Decidió comérselo, pero le
hacía falta una buena excusa
para agredirlo.
Entonces dijo:
—¡Oye, tú! ¡Estás ensuciando
el agua que bebo!
El cordero miró perplejo
al lobo y luego al agua.

—En realidad, tú estás más arriba
—contestó— y el río llega antes
a tu boca que a la mía.

El lobo rechinó los dientes. Tenía que encontrar otra excusa.

—Escucha un momento –intervino–, ¿no eres tú el cordero que me insultó hace tres meses?

—Te equivocas –le rebatió el cordero–. Hace tres meses todavía no había nacido.

El lobo se puso hecho una fiera, y gritó:
—¡Pues entonces quien me insultó fue tu padre! ¡No puedes negarlo!
Y se comió al pobre cordero.

La rana y el buey

Una rana vio a un buey fuerte y hermoso cerca de un pantano.

—¡Ojalá fuera como él! –exclamó.

—Escuchadla –comentó otra rana del cañaveral–, sólo tiene sueños de grandeza.

La rana era tan pequeña que el buey ni siquiera podía verla. Pero ella veía muy bien al buey, y admiraba tanto su enorme tamaño que casi reventaba de envidia.

Entonces se hinchó todo lo que pudo, y preguntó a las otras ranas si ya era más grande que él.

—Aún no –le contestaron.

La rana se hinchó todavía más, y preguntó de nuevo:

—Y ahora… ¿quién de los dos es más grande?

—El buey –dijeron las ranas.

Indignada, la rana se hinchó todavía más.

Esta vez, lo hizo tanto que reventó.

—Lo veis –comentó una de las ranas–, no hay manera de aparentar ser más grande de lo que realmente somos.

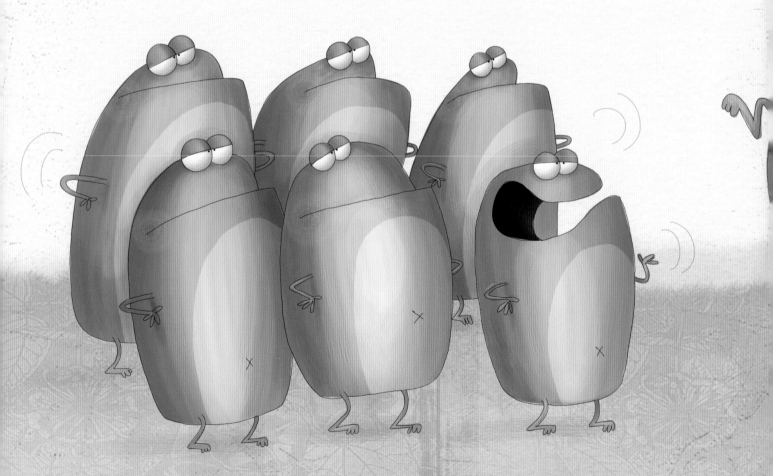

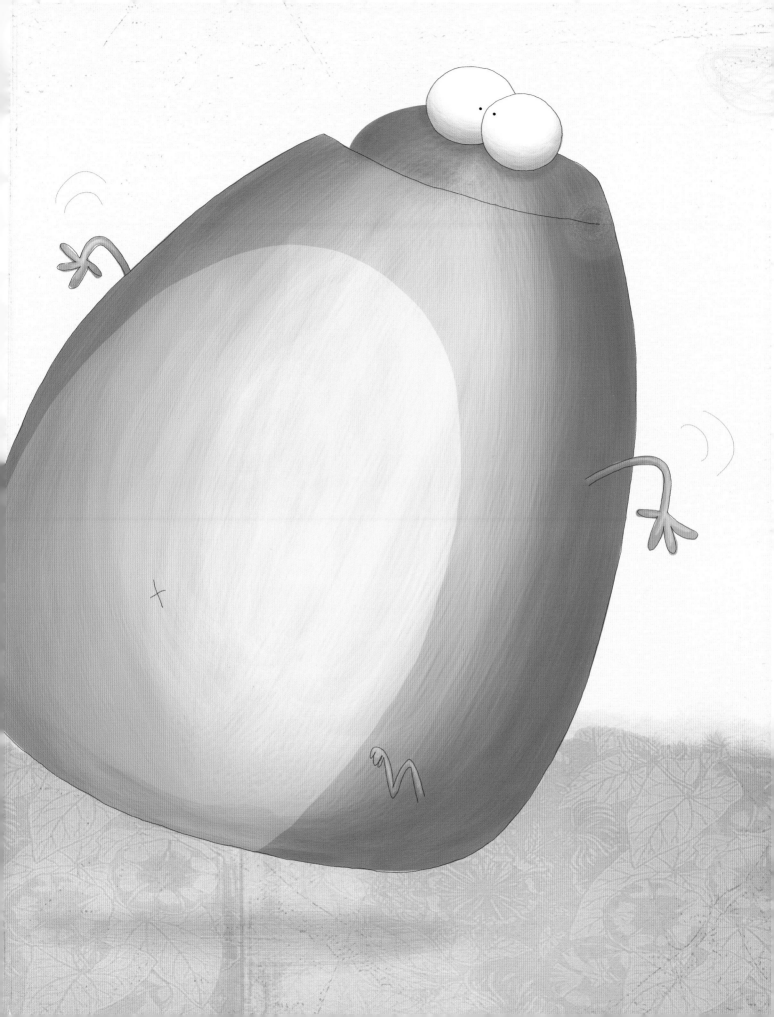

El zorro y las uvas

Un zorro hambriento merodeaba por el campo
sin conseguir encontrar nada
que llevarse a la boca.

Por fin le llamó la atención el color
de unos bonitos racimos de uvas
que maduraban al sol.

El zorro se detuvo debajo de la vid,
admirando aquellos grandes frutos jugosos,
convencido de que ya había resuelto
su problema.

Intentó agarrar uno con la pata.
Comenzó a saltar una y otra vez,
esforzándose para subir cada vez más alto…
pero no consiguió agarrarlo.
—¡Tan sólo era un racimo de uvas! Al fin de
cuentas, ¿quién lo quiere? —se dijo, mientras
se alejaba.

La liebre y la tortuga

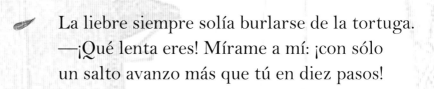

La liebre siempre solía burlarse de la tortuga.
—¡Qué lenta eres! Mírame a mí: ¡con sólo
un salto avanzo más que tú en diez pasos!

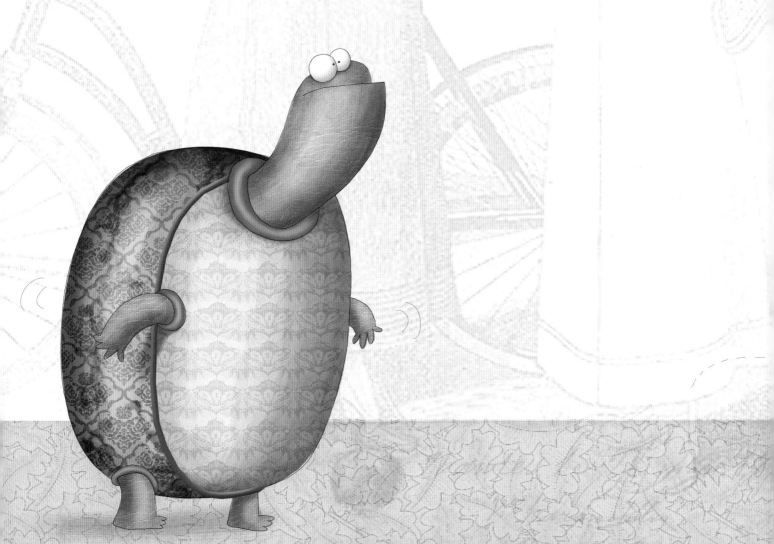

Pero un día la tortuga le dijo a la liebre:

—No siempre el más rápido llega primero.

—¿Cómo? —se rio la liebre—. ¿Acaso quieres decir
que me ganarías en una carrera?

—Sólo quiero decir lo que acabo de decir —replicó la tortuga.

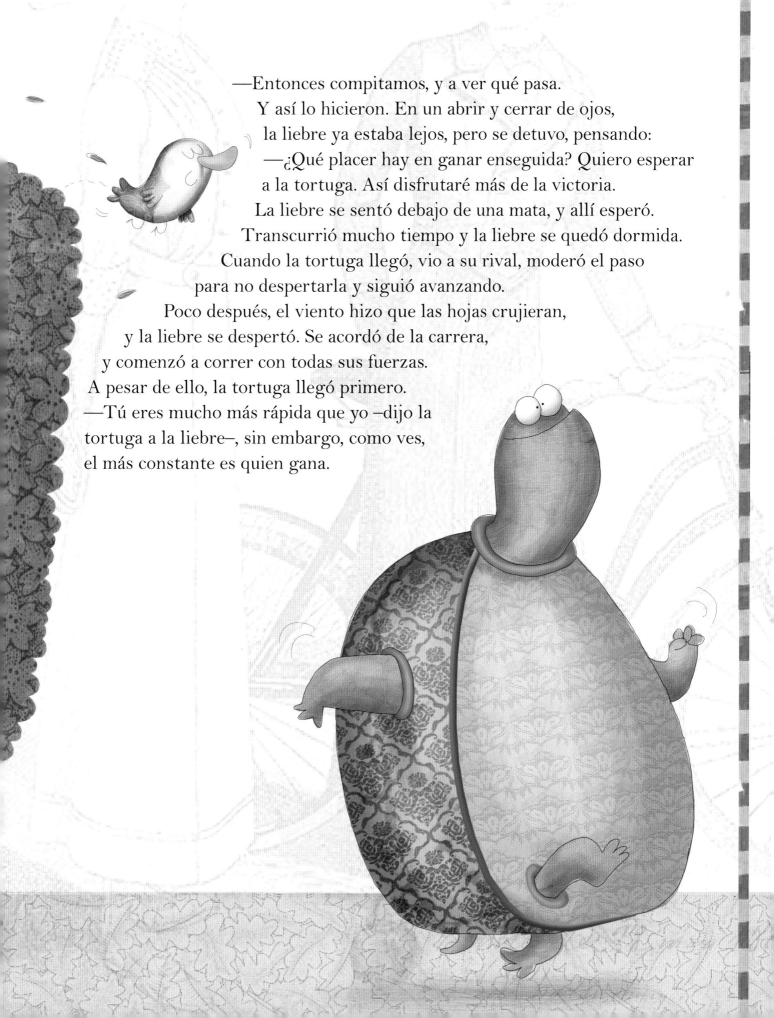

—Entonces compitamos, y a ver qué pasa.

Y así lo hicieron. En un abrir y cerrar de ojos,
la liebre ya estaba lejos, pero se detuvo, pensando:

—¿Qué placer hay en ganar enseguida? Quiero esperar
a la tortuga. Así disfrutaré más de la victoria.

La liebre se sentó debajo de una mata, y allí esperó.

Transcurrió mucho tiempo y la liebre se quedó dormida.

Cuando la tortuga llegó, vio a su rival, moderó el paso
para no despertarla y siguió avanzando.

Poco después, el viento hizo que las hojas crujieran,
y la liebre se despertó. Se acordó de la carrera,
y comenzó a correr con todas sus fuerzas.

A pesar de ello, la tortuga llegó primero.

—Tú eres mucho más rápida que yo —dijo la
tortuga a la liebre—, sin embargo, como ves,
el más constante es quien gana.

El ratón de campo
y el ratón de ciudad

Un ratón de campo dio cobijo a un
ratón de ciudad durante unos días.
Compartió con su amigo todo lo que
tenía, pero el ratón de ciudad le dijo:
—¡Qué vida más mísera llevas! Ven a la
ciudad a visitarme, ¡y verás lo bien que
se vive entre lujo y comodidades!

Después de que su
amigo despertara
su curiosidad, el ratón
de campo le siguió
a su guarida,
en un piso
moderno.

Ahí pasearon sobre mullidas alfombras, disfrutaron viendo dibujos animados en la televisión y se bañaron con agua caliente. A cierta hora les entró hambre. El ratón de ciudad llevó al invitado a la mesa de los propietarios del piso; en sus platos había espaguetis, huevos, patatas fritas y postres de deliciosos aromas. Los dos ratones acababan de ponerse a comer, cuando una sombra se dibujó encima de ellos: ¡era el gato de la casa!

Los dos amigos escaparon de milagro de sus zarpas y se pusieron a salvo en un agujero de la pared. Pasaron una noche horrible, escuchando los maullidos del gato, y sólo al amanecer consiguieron salir de allí.

—Querido amigo –le dijo al ratón de ciudad– regreso a mi casa, ¡donde las pocas cosas que tengo no me dan tanto miedo!

El zorro y el cuervo

Un cuervo que había robado un buen trozo
de carne se encontraba en la rama
más alta de un árbol.
Un zorro que pasaba por allí vio el espléndido
trozo de carne roja. Se puso debajo del árbol y dijo:
—¡Qué bonito eres, cuervo! ¡Tus plumas son
negras como la noche, y brillantes como hojas
mojadas! ¡Y qué cola! ¡Una verdadera flor celestial!
¿Y las alas? Quien afirma que el águila tiene unas
alas bonitas, es porque nunca ha visto las tuyas,
querido cuervo. Podrías ser el rey de los pájaros…
pero qué digo ¡el rey de los animales!
si no fuera porque te falta…
Y en aquel instante el zorro se calló.

Arriba, el cuervo ladeó la cabeza,
mirando hacia abajo en actitud impaciente.
Hubiera querido preguntarle qué era lo que le faltaba, pero al tener
la carne en el pico no podía pronunciar ni una sola palabra.

El zorro suspiró, y finalmente dijo:
—¡Si no te faltara la voz, querido!
El cuervo estaba muy nervioso
en la rama.
Abajo, el zorro seguía suspirando,
mientras acariciaba el césped
con su gran cola.

Finalmente, el cuervo abrió el pico de par en par, y chilló:
—¡Cra! ¡Cra! ¿Quién dice que me falta la voz? ¡Cra! ¡Cra! ¡Cra!

El zorro ni siquiera se dignó a escucharlo.
Tomó la carne que el cuervo acababa de dejar
caer y se alejó gritando:
—Voz sí tienes, mi querido cuervo, pero te falta
otra cosa para convertirte en el rey de los
animales: ¡un cerebro!

Anna Laura Cantone estudió dibujo e ilustración infantil en Milán, y, desde 1999, ha escrito diversas obras y ha trabajado como ilustradora independiente. Entre sus trabajos ilustrados cabe destacar *El hombrecillo de los sueños, El cuento del lobo* y *Ricitos de Oro y los tres ositos* (todos ellos publicados por Picarona). Sus trabajos han sido reconocidos en varias ocasiones con diversos galardones, entre los que se encuentra el premio Ragazzi de la Feria de Bolonia.